Love, friendship et autres complications

FLEURUS

Direction : Guillaume Arnaud
Direction éditoriale : Sarah Malherbe
Édition : Virginie Gerard-Gaucher, assistée de Sophie Haesselbacher

Direction artistique : Élisabeth Hebert, assistée de Séverine Roze
Mise en page : Sophie Boscardin

Fabrication : Thierry Dubus, Marie Cheneval

Site : www.fleuruseditions.com
ISBN : 978-2-2150-9918-5
N° d'édition : 11177
MDS : 651511

« Loi n° 49-956 du 16 juillet 1949 sur les publications
destinées à la jeunesse. »

Love, friendship et autres complications

by Diglee

FLEURUS

Pour toutes les nanas, lookées, pas lookées, fi-filles ou garçons manqués, teenages branchées ou adulescentes qui s'ignorent, pour celles qui pleurent devant *Twilight* autant que pour celles qui se marrent devant *Massacre à la Tronçonneuse*... Big Up !

Diglee

Les 3 copines

Marion
Moi plus tard je deviendrai styliste haute couture.
Comme ça je serai toujours la mieux habillée, et tous les beaux garçons ne verront plus que moi.
Héhé!

Chloé
Nan mais les mecs, c'est bien ...
Si on aime les mollusques fans de jeux vidéo...
Moi, je préfère mon chat.

Chrystelle
Plus tard? Oh, je ne sais pas encoooore...
Médecin, avocate... Ou écrivain, oui écrivain!

Friendship

Friend ship

Les bonnes résolutions

Sur la même longueur d'onde

Chagrin d'amour

Saturday night fever

C'est trop injuste

Fête d'enfer

14H
Ouais, prends des fraises pétillantes!
15H
" Ajoutez deux jaunes d'œufs et remuez délicatement."
100 RECETTES FACILES
MILK
16H
Objets de valeur à l'abri, tu peux aller aspirer !!!
Ok.
17H
Ça va, là?
Nickel! Moi je vais mettre les bonbons.
Pour la musique, ça ira? On aura assez de CD?
Oui, et en plus je laisse l'ordi avec Internet.
Bonjour madame Durand! On venait vous prévenir que ce soir, on donne une petite soirée avec mes amies.
18H
19H
Bon, je sais pas si je mets celle-là...
On va s'éclater!!!
Ouais, ça va être trop GÉ-NIIAAAL!!! WOUHOU!
21H
Z z z

Nude effect

Salut les filles !!!
Ben... Tu ne t'es pas maquillée ?
AH, si !
Correcteur 100% nude.
Invisibl gloss.
Ombre à paupières effet naturel.
Poud effet lumiè...

Un look d'enfer

Relooking

Ah ouais, les carreaux, ça t'irait SUPER BIEN !!!
Tu crois?
Carrément ! Et puis les chemises, c'est vraiment fait pour toi, tu sais !
Ah?
C'est une coupe droite.
Ça mettra en valeur tes hanches.
Oh ! Tiens, des bottines de cow-boy !!! Parfait !
Et prends aussi des accessoires : TOU-JOURS accessoiriser !
Et avec une petite frange, alors là tu serais parfaite.
Ah?
Ça accentue à mort le regard.
Au lycée
Franchement, t'es bien plus toi-même, là.
Ouais enfin...
Là on sent que tu t'affirmes, que tu as un style à toi !
T'aurais peut-être pu éviter de nous relooker toutes les deux en la page 26 de GLAM'GIRL...
Oups!

Garce

Salut Chrystelle !
Alors comme ça, on craque sur Mathieu ?
Tu sais ce qu'il dit sur toi ?
Que t'es maigre et plate.
Et quand il dit "plate" c'est pas que de devant, si tu vois c'que j'veux dire.
HAHA !!! Tope là, meuf !
Essaie pas de jouer dans la cour des grandes, Chrystelle.
Mathieu, c'est une vraie femme comme moi qu'il lui faut.
On va à la fête de fin d'année ensemble !
ET BOUM !
Ah, je savais pas qu'il aimait les travelos à moustache décolorée.
Je prends note.
C'est ÇA que j'aurais dû lui dire à cette pétasse !!!
...En vrai tu lui as dit quoi ?
...
J'ai pleuré.

Love
MON JOURNAL

♥ Guillaume

La rupture

Cher Thibault,
Tu as été adorable avec moi, mais malheureusement je ne t'aime plus.
Non!
Le pauvre, c'est trop direct!
Cher Thibault,
Je t'aime de tout mon coeur, mais tu mérites mieux que moi.
Ouaiiis...
Faut pas exagérer non plus...
"Cher Thibault, nous avons pris des chemins différents, et de ce fait..."
NON, JE PEUX PAAAS!
Le pauvre
Bip Bi
Allô?
Ouiiii, Thibault!
héhé!
Salut Marion...
Écoute euh...
Je crois que ça ne peut plus durer...
Toi et moi, on est trop différents...
Oh le lâche!!!
Il ne me le dit MÊME PAS en face!!!

La rencontre

Tactique

Bon, ça y est : j'ai son numéro !!! Je lui dis quoi ?
Tu peux faire croire que tu t'es trompée de numéro !
Comme ça, quand il dira : "C Ki ?"
tu diras : "C Marion", et tu verras ce qu'il fera !
NaAAan, trop connu ! Faut être plus finaude !
Plus discrète...
Plutôt genre : "Est-ce que tu sais ce qu'il faut réviser en maths ?"
NAN !!! Le cliché !
Ben ça a marché pour Léa et Alexis.
Mais ils étaient DÉJÀ amoureux !
JE SAIS !!! Tu le demandes en ami sur Facebook !
AH OUAIIIS ! Comme ça, tu peux voir tout ce qu'il aime !
Tu postes un statut qui parle d'un truc qu'il aime. et
et puis après
bla bla
Ah ouais... Mais euh, sinon... Je peux pas juste lui dire : "Salut, c'est Marion, comment ça va ?"
...
Mmh... J'y avais jamais pensé...
Faut voir.

Tactique (suite)

Overdose

Cher Journal,
Aujourd'hui, ça a vraiment été une journée POURRIE.
Ludo ne m'a même pas regardée une seule fois, alors qu'on s'est envoyé des sms hier soir jusqu'à minuit.
Quel naze.
En plus, j'avais pas révisé en physique, du coup c'est sûr, je vais avoir un carton.
Pffff...
(...) Sans parler du fait que maman a oublié de venir me chercher au bus ! J'ai dû rentrer à PIED.
LA LOOSE.
Et en plus j'ai
AAAH!!!

Solidarité féminine

Anne-Laure

Salut les filles!
Ooh, Anne-Laure!
HEM!
Excusez-moi de vous interrompre...
Marion, je voulais juste te féliciter pour ton projet d'arts plastiques...
C'était vraiment super.
Oh... Eh ben, euh... merci.
De rien! Je sais comme c'est encourageant d'entendre des critiques positives...
Quand j'ai fait un texte sur la mort de mon père, j'ai apprécié les retours des autres.
... mmh mh...
Voilà! Je ne vous dérange pas plus longtemps, hein!
Et avec LUDO, ça va?
Chlo!!
chhht
Euh... Oui, merci.
C'est très gentil de demander.
Marion, je lui passerai le bonjour de ta part? Je sais que vous êtes amis!
OUI!!! Euh enfin, je... je m'en fous, hein, tu fais comme tu veux...
Bon ben salut les filles!
Salut!!!
Non mais, franchement: c'est une vraie GARCE cette fille?!!
GRAAAVE!
Avec ses airs supérieurs là...
TSSS!

Plan

Marion... Faut te ressaisir, là ...
Ça fait une semaine...
Je suis riiien sans luiii...
On va t'aider.
Ouais, on va échafauder un SUPER PLAN!!!
Ah bon?
Tu vas nous le récupérer, ce Ludo, c'est moi qui te le dis!!!
Yeah!!!
Le truc qui marche à tous les coups, c'est de le rendre jaloux!
Jaloux?
Il faut que tu te pointes à une soirée ...
La soirée de fin de trimestre!
...avec un SUPER canon.
Un... un super canon? ...
OUAIS!!! Comme ça, il te croit inaccessible, et ça l'intrigue.
AH OUAiiiiiS!!!
Mais, euh...
Comment je fais pour sortir avec un super canon, si je n'arrive même pas à sortir avec Ludo?...
...

Eurêka ! Mannequin

Cantine

Chloé, sérieusement ! Arrête avec ça...
Un mannequin pro, franchement...
Attends, c'est une super idée !
Un peu d'sauce ?
Ma mère en croise tous les jours au boulot !
J'avoue que c'est pas bête !
Et je le paie avec quoi ?! Mon sourire ?
Non mais faudrait trouver un moyen de se faire des sous...
Un moyen marrant et rapide tu vois...
Oh ben oui ! Tout simplement !
...
ON VA VENDRE DES GÂTEAUX FAITS MAISON!!!
Hiii !
OUAIS!!! Je m'en occupe !!!
Comme dans GLEE !

Desperate Housewives

Le jardinier

No man's land

miiliouu!
Flutiou!!!
MAAAAA SOUUUURiiiiS!!!
iiiouu
Ouiiiii ma croquette!
Aloooors ma soussou?! Bâh voui!!!
iiiOUUU!!!
MAAA VOUiii
iiiOUUU
MA SOURiiiiiiS!!!
OOOH JE T'AiME MON BÉBÉÉÉÉ!!!
Sa ton namoureux?
Non, Matisse.
Remue pas le couteau s'te plaît...

Conseil de mec

Mec idéal

Nan mais vraiment Chrystelle...
C'est un con, ce mathieu !
Grave ! Il sort avec toutes les filles !
Ouais, sauf moi.
Oui mais il les aime pas ! Il s'en fout !
Et après faut les ramasser à la petite cuillère...
Ça peut pas être pire que le REJET.
Tu mérites mieux que ça, Chrystou.
Ouiiii ! Un mec mignon, mais GENTIL, drôle, bon en maths, qui aime les animaux...
Qui danse bien et...
ATTENTION !!!
HAHAHAHA !! Un banc de thons ! En plein dans le mille !!!
Bien ouéj mec !
Bah, finalement il est pas si mal, ce mathieu, on ne le connaît pas, après tout.
C'est vrai, ça ! Qui sommes-nous pour juger, au fond ?
mathieu !!!

Parfois le silence est d'or

Râteau

Et alors, toi, c'est quoi ton style de mec ?
Heu... Je sais paaas... J'aime bien les métis aux cheveux longs...
Pas trop musclés, tu vois, sinon c'est vulgaire.
J'aime beaucoup les yeux marron aussi... ça a beaucoup de charme.
Cool.
Voilà... Enfin bon, c'est un exemple, hein, j'aime plein de styles !
Tant que le mec est mignon...
Et toi, euh... ton genre de fille, c'est quoi ?
Les blondes à GROS SEINS !!!
...

C'est lui

Et alors, heu... T'écoutes quoi comme musique?
Du rock.
C'est quoi tes séries préférées?
Heu... Dexter, Heroes et Desperate Housewives.
Et quand t'es tout seul chez toi l'aprèm, tu fais quoi pour t'occuper?
Oh ben... j'aime bien prendre un bouquin!...
Et... tes animaux préférés, c'est quoi?
J'adore les chats! J'en ai trois ...
Et tu aimerais faire quoi plus tard?
Je me vois bien avocat... ou médecin.
Oh ben... c'est super tout ça!
C'est bon, c'est lui!
Et euh, hihi!... Qu'est-ce que tu aimes chez moi?...
...
J'aime ton regard, tes pommettes, tes cheveux doux...
Tes seins...

Technique d'approche

Premier baiser

Prémonition

English lesson

Trahison

Mais comment t'as pu me faire ÇA ?!!!
Depuis tout ce temps, je te faisais ENFIN confiance !
Tu as tout ruiné, tout GÂCHÉ !!!
Je ne sais pas si je pourrai te pardonner.
C'est trop dur.
Il faut que je prenne le temps de réfléchir.
Les choses ont changé maintenant.
Mais Marion, je te jure ! Je n'ai parlé QU'UNE SEULE FOIS à Anne-Laure !!!
Je lui ai juste demandé sa gomme ! Ça ne se reproduira plus !

Love at first sight

Les parents

Look

BÂH!?...
Marion!
Elle est bien trop courte cette jupe!
Je me doutais que tu allais dire ça. C'est pourquoi je me suis permise de prendre quelque chose avec moi...
Juin 1998. Tu as 25 ans, un mini short, les seins moulés dans un body en léopard, et cette photo a été prise à ton BOULOT.
HAHA, oui, je m'en rappelle! J'étais à la mode...
C'étaient les "nineties"...
Mais en 2011, la mode est au pantalon. File te changer.
HAN! PAS JUSTE!!

Oisiveté

Ma chéléérie tou es magnifaïque!
Allô Chrystelle?
Tu fais quoi?
Ouaiiiis moi aussi je m'ennuie...
On fait jamais rien dans cette baraque t'façon.
MARION?
On va au parc avec ta sœur, tu veux venir?
Au parc?!! Nan mais MAMAN, j'ai plus 2 ans j'te rappelle!
HAN les PARENTS, quoi!
On peut même plus savourer son dimanche tranquillement!
J'hallucine!

Family business

Diète

0%
0%
Calin 0%
0%
minceur 0%
NAAAAN!!!...
Marion? Je peux venir goûter chez toi? Ma mère s'est remise au régime...
Je vais nous chercher des cookies.

Génétique

RhâÂÂ!!! Ces POILS!!! RAS-LE-BOL!!!
MAMAN!!!
POURQUOI?
POURQUOI je suis poilue comme un singe alors que toi t'as rien?!!
Je ne sais pas, chérie!
Tu sais, la génétique a ses mystères!
Chaque personne est le résultat d'un complexe mélange des gènes de sa famille...
Parfois sur des générations!
Ça y est, chérie, j'ai réparé la tondeuse!
Oooh, super!
... un "complexe mélange des gènes"...?
?
Tu parles.
Merci papa, ouais.

Brother & sister

Elle ne peut pas s'en empêcher !

Papy

Alors ma cocotte ! Qu'est-ce que tu voudrais pour ton anniversaire ?
Eh ben, il y a une BD que j'aime bien...
Une quoi ?
Une BD...
Ah non, c'est pour les bébés ça, non ?
Tu as 17 ans maintenant, héhé !
Tu ne préférerais pas un VRAI livre ? Hein ?
Heu... non.
Mais y'a un DVD que j'aimerais bien...
Comment ?
Un DVD.
Un DVD ? Ah nooon, on le regarde une fois, et après on l'oublie... Non, non.
Moi je veux t'offrir quelque chose d'utile, Hein.
Quelque chose d'utile et de solide, que tu pourras garder toute ta vie, mon petit.
...
Bon, ben...
Un caillou devrait faire l'affaire, papy.
Comment ?
Non rien.

Cadeau

TADO!
Oooh, merci Matise!...
Un vieux reste de côtelette d'hier...
Trop gentil...

Ambition artistique

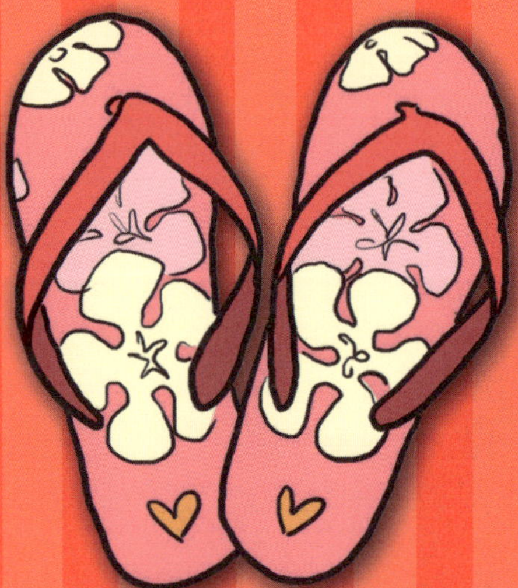

Les vacances

Le grand départ

Leçon de drague 1 : bien choisir sa cible

Leçon de drague 2 : code

Ouais mais en vacances, c'est pas pareil

Retour de vacances : Livia rentre de Londres

La rentrée

Chaque rentrée dans une nouvelle école, on se retrouve face aux mêmes types de personnes.
Les filles populaires à tendance vulgaire...
Méfie-toi de Pierre-Yves, il est débile.
Ah?
Le marginal...
Salut Pierre-Yves, je m'appelle Chrystelle!
Les filles gentilles mais un peu collantes...
Ouah! Chrystelle, c'est trop beau comme prénom!!!
Merci...
On peut rentrer à pied avec toi?!!
L'intello de la classe...
T'as combien de moyenne générale?
Heu...
14,5!
Moi j'ai 18,75.
Le hors-la-loi...
Tu veux une clope?
Non non, je venais juste me présenter...
Pfff... Les filles me manquent.
Excuse-moi, je peux m'asseoir?
...Le nouveau ultra CANON!!!
Salut! Je m'appelle Antoine. Tu es nouvelle?
Ouiiiii!

Traîtresses

The end

Alors les filles ?!
Qu'est-ce que vous souhaitez de beau pour cette nouvelle année, hein ?
Avoir mention "Très Bien" au BAC !
Me fiancer avec Guillaume !
Qu'on reste amies pour la VIE !!!!
...
Rappelez-moi pourquoi on est meilleures amies depuis six ans, déjà ?

Achevé d'imprimer en août 2011 sur les presses de Deaprinting en Italie.
Photograveur : Amalthéa
Dépôt légal : septembre 2011